KB188766

여행은 끝났는데
길은 시작됐다

여행은 끝났는데 길은 시작됐다

초판 1쇄 발행 2024년 10월 2일

지은이	제이림
발행인	김인후
편집	박 준
디자인	원재인
마케팅	홍수연

주소	서울시 은평구 통일로 1034, 시설동 228호
문의전화	02-322-8999
팩스	02-322-2933
블로그	blog.naver.com/eta-books
인스타그램	instagram.com/etabooks
이메일	eta-books@naver.com
발행처	이타북스
출판등록	2019년 6월 4일 제2021-000065호

© 제이림 2024

ISBN 979-11-6776-405-8(03810)

• 이 책은 저작권법에 따라 보호받는 저작물이므로 무단전재와 무단복제를 금지하며, 이 책 내용의
  전부 또는 일부를 이용하려면 반드시 저작권자와 이타북스의 서면동의를 받아야 합니다.

• 이 도서는 2024년 문화체육관광부의 '중소출판사 성장부문 제작 지원' 사업의
  지원을 받아 제작되었습니다.

여행은 끝났는데
길은 시작됐다

제이림 글 · 사진

여행 크리에이터 겸 스냅사진 작가

제이림 힐링 포토 에세이

ETA BOOKS

당장 무너져 버릴 것만 같은 날,
꺼내 보고 싶은 풍경이 있나요?

아무도 없는 곳으로 떠나고 싶어

아무도 나를 찾지 않는 곳으로 떠나고 싶다는 생각을 자주 한다.

내 인생에 딱 한 번, 아무에게도 말하지 않고 홀연히 여행을 떠나버린 적이 있다. 그런데 내가 여행 중이라는 사실을 누군가가 너무 쉽게 알아냈던 것이다. 어떻게 알았느냐고 물어봤더니 그 사람은 내게 이렇게 말해주었다.

"너는 힘들 때마다 여행을 떠나더라고."

그때 깨달았다.

아, 나는 나도 모르는 새에 항상 여행을 택하고 있었구나.

＊

내게 여행은 무엇일까?

이 책은 "여행을 하면 행복해질 수 있다."라는, 그런 동화 같은 이야기를 담고 있는 것이 아니다.

그럼에도 불구하고.
여행 전, 수많은 날을 우울의 파도에 잠식당해 가라앉다
여행 중, 부딪히고 단단해지고
여행 후, 다시 꿈꾸는 그런 이야기다.

나의 글과 사진이 힘든 이들에게 위로가 되기를,
다시 꿈꿀 수 있도록 불을 지펴줄 수 있기를.

차례

3장   여행 후 — 새로운 길을 꿈꾸게

1장

여행 전

이 길이 맞는 길일까

여정

인생의 한 챕터가 끝날 때마다,
나는 늘 여행을 떠났다.

Zakopane, Poland, May 2019.

불안

나는 여기 고여있는데
세상은 한없이 흘러가고,

세상은 멈춰있는데
나는 한없이 흘러가는구나.

Krakow, Poland. May 2019.

뒤처짐

분명 같은 출발선에서 시작한 것 같은데
뒤돌아보니 다들 자신만의 항로를 찾아 쭉쭉 뻗어 가고
나는 아직 방향조차 정하지 못하고 헤매는 느낌.

Zadar, Croatia. May 2019.

"저기 가보고 싶다."

누구나 이런 생각을 한다.
하지만 실행으로 옮기는 자들은 아주 소수이다.

폴란드 자코파네Zakopane는 오랫동안 내 버킷 리스트 속 여행지였다. 하지만 마음속에만 묻어놓고 갈 생각조차 하지 못했다.

그러다 어느 날, 정말 가보고 싶었던 다른 여행지를 방문하곤 깨달았다.

왜 나는 가지 못할 거라 무의식중에 단정 짓고,
가지 못하는 이유만 찾고 있었던 거지?

바로 그날 돌아와서 자코파네로 가는 교통편을 알아보았다.
자코파네는 생각보다 훨씬 가까웠다. 비행기가 아니라 버스를 이용해서도 갈 수 있을 정도로. 나는 결국 자코파네로 떠났고, 새로운 세상을 만났다.

내가 여행을 떠나지 못하는 이유는
정말 외부적인 조건 때문이었을까?

아니었을 거다.

Krakow, Poland. May 2019.

도전

새로운 길을 택하려고 했다.
같은 길을 걸으면
같은 풍경만 볼 뿐이니까.

Siracusa, Italy. Jun 2019.

여행을 떠나는 이유

"왜 여행을 시작했나요?"

나는 여행지에서 만난 사람들에게
이 질문을 자주 하곤 한다.

지금 아니면 오지 못할 것 같아서,
내가 어떤 사람인지 알고 싶어서,
생각을 정리하고 싶어서,
잠시 현실을 잊고 싶어서,
새로운 자극을 느끼기 위해서.

답들은 모두 달랐지만, 모두 정답이다.
나는
이 질문의 답들을 좋아한다.

Mostar, Bosnia-Herzegovina. May 2019.

출항 전

마지막 수를 남겨놓을 것.
그러나 전력투구할 것.
전력을 다하되, 전력이지 말아야 할 것.

Volendam, Netherlands. Apr 2019.

정차 구간

느리다고 느끼는 건
정차 구간이기 때문이다.

Porto, Portugal. Apr 2019.

그 지점을 지나면
가속도가 붙기 시작할 것이다.

경로 이탈

경로를 이탈하였습니다.
방향을 재탐색합니다.

방향을 이탈하였습니다.
목표를 재설정합니다.

Muine, Vietnam. Nov 2019.

느린 열차

스위스에 머무는 일주일 내내 비가 왔다.
딱히 방문할 곳이 없어
목적지 없이 무작정 기차를 탔다.

기차 움직이는 소리,
창 너머로 보이는 호수 풍경,
사람들의 느긋함

단 한 번도 느껴보지 못한 평화로움이었다.

✳

나는 늘 앞만 보며 목적지를 향해 빠르게 달려갔었다.
하지만 기차는 느리게 달릴수록 풍경이 더 잘 들어왔다.

긴 여정에 한 번쯤은
반드시 필요한 속도이니.

Interlaken, Switzerland. Jun 2019.

좌표

쉬어 갈 좌표를 만들어야 한다.
좌표가 있는 사람은 회복이 빠르다.

그것이 장소든, 취미든, 사람이든
무엇이든 간에.

내겐 그 좌표 중 하나가 여행이 되었다.

Kutaisi, Georgia. May 2022.

늦었다고 생각될 때

늦었다고 생각하면
당장 더 빨리 달려가.

그리고 할 수 있는 모든 걸 다 해봐야지.
사실 아직 늦지 않았을 수도 있으니까.

Kazbegi, Georgia. May 2022.

항로

나는 내 인생의 항해사로서
파도들을 지나가기 위해 최적의 항로를 그리고
예측하지 못하는 파도에는 과감한 결단도 내려야 한다.

인생의 항로는 계속 변화한다.
그 변화를 두려워하면 나아갈 수 없다.

Capri, Italy. Mar 2019.

정박

열정으로 끝없이 달리는 것만이 답은 아니다.
모든 선박은 항구에서 쉬어간다.

나약한 것도, 잘못된 것도 아니고
그저 열심히 살았다는 증거.
연료가 소진되었을 뿐이다.

천천히 연료를 채워
다시 심장이 뛸 수 있도록 쉬어 가는 시간.

배는 다시 출항할 테니까.

Dubrovnik, Croatia. May 2019.

나아가기 위한 물길질

스스로 더 나은 사람이 되기 위해
끊임없이 담금질하는 사람은

최소한 절대 최악의 사람은 아니다.

Venezia, Italy. Feb 2019.

Jeju, Korea. Jan 2021.

최선을 다해 느려지길,

허나 멈춰있진 말길.

Paris, France. Jun 2019.

이정표

힘들 때마다 곱씹는, 친구가 써준 글이 있다.

내가 믿고 싶은 것은
내가 어떤 높은,
아름다운 곳으로 가는 길 위에 서있다는 것

그 길에 내가 지금 맞은 태풍도, 벼락도, 과거도
미래의 선택지마저도 결국은 그 길목에서
나를 기다리는 표지판 중 하나에 불과함을.

글, 김이해초KIMLEEHAECHO

Mestia, Georgia. May 2022.

도피

내가 하고 있는 건 여행인가, 도피인가.

하지만 이게 도피라면
참 낭만적인 도피로군.

Kazbegi, Georgia. May 2022.

후회

"거기 간다 해도 네가 할 수 있는 게 없을 수도 있어."
"알아."

"그런데도 왜 가는 거야?"
"그래도 내가 해볼 수 있는 건 다 해봐야 하는 거잖아."
"그게 후회뿐이더라도?"
"안 해보고 후회하는 것보다 해보고 후회하는 게 나으니까."

Kazbegi, Georgia. May 2022.

실패

"J 씨,
남미에 가고 싶으면 남미에 가고
제주에 살고 싶으면 제주에 살아요.
사업을 하고 싶다면 사업을 시작해요.

망해도 젊을 때 빨리 망해보는 게 좋아요.
많이 실패해 봐야 결국 성공할 수 있어요."

내게 이 말을 해준 어른이 있다.
덕분에 나는 그 모든 것을 해보게 되었고,
실패를 두려워하지 않게 되었다.

Polignano a Mare, Italy. Mar 2019.

준비

완벽하게 준비될 때까지 기다리면
결코 시작할 수 없어.

100퍼센트 완벽한 준비란 없거든.

✳

어떻게든 돼.
그러니 그냥 시작해.

Kazbegi, Georgia. May 2022.

완벽

모든 게 완벽하다면
그건 인간이 아니라 신이겠지.

Zakopane, Poland. May 2019.

여행, 불가능을 현실로 만드는 과정

너무 가보고 싶은 여행지가 있었다.
이탈리아 마테라Matera라는 곳이었다.

여행 정보가 너무 부족했지만 그럼에도 너무 가고 싶어서 인
터넷에 있는 모든 정보를 모으고 비행기표를 끊었다.

숙소 에어비앤비에서 호스트를 보자마자 첫 번째로 한 말도
마테라에 가고 싶은데 도와달라는 것이었다.

당시 기차 파업 중이라 호스트의 도움으로 기차 정보를 얻고,
중간에 기차가 분리된다는 충격적인 소식을 알게 되어 모든 기
차 안 현지들인이 번역기를 돌려가며 도와줬던 기억이 난다.

그렇게 많은 이들의 도움으로 도착한 곳이다, 이곳은.

✳

마테라 전망대에서 7000년 된 고대 도시를 바라볼 때의
그 전율을 잊을 수가 없다.

사람들이 많이 가는 명소가 아닌,

오로지 내 의지로 선택한 첫 번째 여행지라서 더 감회가 새로
웠다.

결국 가게 될 길은
어떻게 해서든 가게 되더라.

의지만 있다면.

Matera, Italy. Mar 2019.

그럼에도 불구하고

넌 포기하지 않고
끝까지 해낼 거야.

Kazbegi, Georgia. May 2022.

모든 길엔 시작이 있고,
끝도 있다.

Zakopane, Poland. May 2019.

가만히 기다리면 아무것도 해결되지 않아

"우리 비행기는 잠시 후 모스크바에 도착 예정입니다."

부푼 꿈을 가지고 탑승한 첫 유럽행 비행기가 경유지 모스크바에 도착했다. 4년 동안 꿈꿔왔던 '교환학생', '유럽'. 모든 꿈이 실현되려 하고 있었다.

"어? 캡처해 놓은 e-티켓과 실물 티켓의 탑승 시각이 왜 서로 다르지?"

비행기 시각에 문제가 생겼다는 걸 알게 되기 전까지는 말이다.

공항에 도착하자마자 급히 상황을 알아보았다. 전광판의 비행기들은 줄줄이 지연되거나 취소되고 있었다. 바로 우리의 경유지가 모스크바이기 때문이었다. 그날, 유럽에는 어마어마한 눈 폭풍이 불어닥치고 있었다.

안내 데스크로 달려가 비행기가 어떻게 된 건지 물었지만 지금으로부터 일곱 시간 후라 아직은 알 수 없다는 말만이 돌아왔다. 눈 폭풍 때문에 대부분의 비행기가 지연되었고, 언제 뜰지 알 수 없는 상황이었다. 몇몇 외국인은 안내 데스크 앞에 드러누워 시위를 하고 있었다.

공항은 화가 난 여행객들로 인하여 아비규환이었고, 그곳은 경유지라서 유심도 사용할 수 없었으며, 공항 와이파이도 터지지 않았다. 그야말로 재앙이었다.

정신 차리자.

이대로라면 국제 미아가 되어버릴 거라는 생각에 여러 명의 직원을 붙들고 정확한 정보를 얻을 수 있을 때까지 매달렸다.

"진짜 일곱 시간 후에 비행기가 뜨긴 뜨는 거야? 전광판에는 정보가 전혀 없는데? 그럼 보딩 게이트가 언제 나오는지만이라도 알려줘!"

20분 동안 세 명의 직원을 거치며 묻고 또 물은 끝에 비행기의 최종 지연 시간에 관한 정보를 건졌다. 또한 보딩 게이트 시각은 그로부터 약 두 시간 전에 알 수 있을 거란 사실을 알아낼 수 있었다.

일단 비행기 건이 해결되자 안도의 한숨이 나왔지만 쉬고 있을 틈이 없었다. 두 번째 문제에 직면해야 했다.

당시 예약했던 숙소는 에어비앤비로, 호스트에게서 직접 열쇠를 받아야 했다. 호스트를 오후 11시에 만나기로 했는데 비행기가 오후 11시 넘어서 출발할 예정이었으니 꼼짝없이 노쇼가 되어버릴 상황이었다. 이 상황을 호스트에게 전달해야 하는데 문제는 공항 와이파이가 전혀 안 되어 연락할 수단이 없었던 것.

컴퓨터를 사용할 수 있는 곳이 없었고, 와이파이를 찾아 공항 전체를 돌아다니며 유명 프랜차이즈 체인점마다 가봤는데도 와이파이가 없었다. 러시아어를 못 하니 도움을 청할 수도 없었다.

제대로 된 해외여행을 해본 적이 없으니 막막하기만 했고 왜 내게 이런 일이 닥치는 건가 싶어 눈앞이 아득해졌다. 하지만 가만히 기다리고만 있는다고 아무것도 해결되진 않는다.

어떻게든 방법을 찾으려고 공항을 배회하던 중에 익숙한 한국어가 들려왔다.

"그래서 비행기가 언제 뜨는 건지 모르겠어."

'한국어?'

카페 안쪽에 노트북을 사용하고 있는 한국인 청년분들이 있었다. 그 사실을 깨닫자마자 나는 어느새 그분들에게 급히 연락

할 곳이 있는데 무선 인터넷을 빌릴 수 있을지 묻고 있었다.

"죄송해요. 저희도 로밍해서 쓰는 거라."

부탁은 빠르게 거절당했지만 더 이상 막막하기만 하진 않았다. 실마리를 잡았기 때문이다. 다른 한국인을 찾아봐야겠다 싶어 돌아섰다.

"잠시만요!"

그 순간, 그분들이 나를 불러 세웠다.

"많이 급하시면 핫 스폿 연결해 드릴게요."

알고 보니 그분들이 탈 비행기는 나와 같은 부다페스트행 비행기로, 똑같은 곤란을 겪고 있었다. 핫 스폿이 연결되자마자 나는 호스트에게 비행기가 눈 때문에 많이 지연되었으며 새벽에 도착할 것 같다고 도착 예정 시각과 사과를 담은 장문의 톡을 남겼다. 핫 스폿을 빌려주신 분들에게는 내가 안내소 직원들을 따라다니며 얻은 보딩 게이트와 지연 정보를 공유해 드렸다.

두 번째 급한 일을 해결하자 긴장이 풀리면서 허기가 찾아왔다. 배가 고팠으나 이곳은 공항, 거기다가 러시아 루블 물가를

전혀 모르는 상황에서 뭘 구매하기가 망설여졌다. 결국 우리가 찾은 타협안은 유로를 사용하는 매장을 찾아서 최소한의 마실 것만 구매하는 것이었다.

"유럽에선 거의 탄산수만 먹는다던데 그거 탄산수 아냐?"
"에이. 이건 누가 봐도 사과주스인데⋯⋯. 으아악, 탄산이야."

그렇게 인생 처음 탄산수의 쓴맛도 보고, 첫 공항 노숙도 해 보게 되었다. 남은 여섯 시간 동안에도 안내 방송을 들어야 했기에 잠도 자지 못하고 신경을 곤두세우고 있었다. 그럼에도 결국 탑승수속 마감 3분 전까지도 전광판에 보딩 게이트 안내가 뜨지 않아 안내소를 찾아가야 했지만 말이다.

길고 긴 기다림 끝에 모스크바에서 탈출하여 새벽 1시가 넘어 부다페스트에 도착했고, 다행히 우리의 천사 호스트 아틸라는 새벽까지 우리를 기다렸다가 맞이해 주었다.

숙소가 너무 예뻐서 온종일의 고생으로 쌓인 피로가 한 번에 풀리는 기분이었다.

※

자기 전에 하루를 되짚어 보았다. 여행 전 많은 기대를 품고

왔지만 이런 상황은 예상에 없었다. 그럼에도 막상 상황이 닥치니 어떻게든 문제를 해결해 나가게 되었다는 사실이 놀라웠다. 혼돈이었던 유럽 첫날부터 깨달은 점은, 가만히 기다리고만 있는다면 아무것도 해결되지 않는다는 사실이었다.

만약 우리가 지연된 비행기 정보를 끈질기게 알아내지 않았더라면 비행기를 타지 못했을 거고, 와이파이를 찾지 못했다면, 한국인에게 핫 스폿을 빌리지 않았다면, 숙소는 취소되었을 거다.

여행 전의 나는 일상생활에서 '이게 맞나?' 늘 걱정도 많고 불안했으며, 때론 회피도 많이 했다. 하지만 여행에선 상황을 정면으로 맞닥뜨리고 해결하지 않으면 다음 단계는 없었다.

그렇게 우리는 여행을 통해 또 한 단계 성장하게 된다.

2장

여행 중

—

행복과 방황 사이

경험

세상이 색으로 불타고 있었다.

물과 불, 연기, 구름, 먼지.
그리고 눈을 감으면 보이는
아주 특별하게 선회하는 색 얼룩.

내가 그때까지 본래의 삶의
목표로 가는 길에서 찾아낸

얼마 안 되는 경험들에
이 새로운 경험이 추가되었다.

— 헤르만 헤세, 『데미안』

Budapest, Hungary. Jan 2019.

단정하지 말 것

섣불리 포기하지 말 것,
미리 실망하지도 말 것
어떤 결과가 나오든 최선을 다하기.

하나를 포기해야 하나?

자코파네를 처음 방문했을 적, 날씨 때문에 이틀 치 일정을
하루 만에 소화해야했을 때, 그런 생각이 들었다.

이게 가능할지 의심이 들지만
그럼에도 도전하는 수밖에 없다.

여행 중에는 이런 일이 굉장히 많았다.

그때마다 나는 포기하지 않고 나아가는 선택지를 택했고, 모든 경우가 그랬던 것은 아니지만 대부분은 성공했다.

Zakopane, Poland. May 2019.

오답

정답이 아니라고 오답이란 법은 없다.
다른 답이 존재할 수도 있는 거니까.

몬주익Montjuic 성 일몰을 놓치고
거리에 멍하니 서있다가 보았던 거리의 일몰은
그 어떤 일몰보다도 아름다웠다.

Barcelona, Spain. Mar 2019.

인생은 사막이다

아무리 숨 막혀도
발을 내딛다 보면

언젠가는 사막을 다 건너있겠지.

Muine, Vietnam. Nov 2019.

시선

나는 다른 사람들이 부러웠다.

다들 내가 꿈꾸는 행복한 여행을 하고 있는 것만 같아서.
그런데 어느 날 그들이 이야기해 주길
그들이 보기엔 내가 가장 행복한 여행을 하고 있는 것 같다더라.

왜 행복을 비교하려 했을까.
우리는 다 다른 장르의 여행을 했을 뿐인데.

Sevilla, Spain. Apr 2019.

막다른 길

열심히 달려간 그 길이
막다른 길이란 사실을 발견했다.

되돌아가 새로운 길을 찾기에는
너무 많은 시간이 걸려서
무작정 해를 따라 이동했다.

과연 내 선택이 최선이었는지는 모른다.
나는 최선의 길을 가보지 않았으니까.

하지만 적어도 최악으로 가지 않는 길은 알게 되었다.

Volendam, Netherlands. Apr 2019.

눈 폭풍

그게 나를 무너뜨릴 눈 폭풍인지
단단하게 만들어 줄 시련일지는 모르는 거지.

Zakopane, Poland. May 2019.

지나온 길

약해질 것 같을 때면 뒤돌아본다.

내가 걸어온 길들을 되돌아보면

지금 눈앞에 닥친 시련은
별것 아닌 것처럼 느껴지니까.

Zakopane, Poland. May 2019.

일단 자고 일어나서 생각하자.
대부분의 걱정은
자고 일어나면 없어지니까.

Mestia, Georgia, May 2022

마법

모든 것이 마법처럼 괜찮아질 거라고.

Hallstatt, Austria. May 2019.

주인공

두 학생이 길가에서 그림을 그리고 있었고,
많은 이들이 모여 구경하면서 사진을 찍고 있었는데
대부분 예쁜 옷차림을 한 여학생에게 몰려있었다.
그쪽이 훨씬 더 눈이 가고 좋은 모델이었으니까.

그런데 내 눈에는
그 뒤에서 작은 캔버스에 묵묵히 그림을 그리고 있는
남학생이 보였다.
조용히 셔터를 눌러 카메라에 그를 가득 담았다.

누군가에게, 네가 주인공이라고 말해주고 싶었다.

Granada, Spain. Apr 2019.

불안정한 마음

내 마음속은 언제나 불안으로 가득 차있었다.
수만 가지의 걱정과 감정들이 당장이라도
넘쳐 흐를 것 같아, 드러내지 않기 위해
꾹꾹 누르며 걷고 또 걸었다.

아무 생각도 들지 않을 때까지
걸으면서 늘 생각했다.

이 길 끝에서 상념도 불안도
모두 던져버리고 오는 거라고.

Mestia, Georgia. May 2022.

여행 딜레마

여행이 늘 행복하기만 할 수는 없다.
모두가 내가 행복할 것 같다고 말하는데
정작 나는 행복하지 않은 순간이 있었다.

돈도 시간도 써가며 멀리까지 여행을 떠나왔는데
왜 나는 행복하지 않지?
난 지금 여기서 뭐 하는 거지?

그런 생각이 들어 한 광장에서
벤치에 앉아 펑펑 울었다.

행복해지기 위해서 여행을 왔는데
행복하지 않은 이런 딜레마가 또 있을까.

✳

펑펑 울었던 그 광장은 나중에
웃으면서 다시 찾을 수 있게 되었다.

불행만큼이나 행복은 갑자기 찾아오고
갑자기 떠나간다. 언제나 행복할 수는 없다.
반대로 언제나 불행할 수도 없다.

행복과 불행에는 유통기한이 있다.

그러니 언젠가는 꼭 행복해질 수 있다.
꼭 닫힌 해피엔딩처럼.

Porto, Portugal. Apr 2019.

어둠

어둠을 겪어보지 않은 사람들은
빛이 얼마나 밝은지 알 수 없다.

해 뜨기 전이 가장 어둡다고 한다.
이 어둠을 지나
해를 맞이하면 된다.

München, Germany. May 2019.

동굴

끝이 보이지 않는 깜깜한 동굴의 끝을
헤쳐 나갈 때까지 기다려 줄게.

언제까지나.

Capri, Italy. Mar 2019.

좋아하는 것

좋아하는 건 늘 반짝거린다.

Budapest, Hungary. May 2019.

첫번째 행복의 조각

연둣빛 올리브나무 아래,
시원한 바람 한 점
느지막하게 기우는 따뜻한 햇살
옛 신화 유물들의 터전.

머리부터 발끝까지 행복으로 가득 찬다는 게 이런 기분이구
나, 느꼈다. 그 감각을 기억하고 싶어 아테네 고대 아고라 벤치
에서 엽서 위에 한 자, 한 자 꾹꾹 눌러 글자를 써 내려갔다.

그리스 여행은 행복해지기 위해 시작한 여행이었다.

그러나 행복을 위한 여행이었음에도 아이러니하게 행복해질
거란 기대는 하지 않았다. 그 전엔 행복하지 않았으니까.

시간이 주어지자마자 나는
바로 행복해질 수 있는 답을 찾아냈다.
열쇠는 처음부터 내가 가지고 있었던 거다.

저벅저벅

바람 틈새로 파고드는 발자국 소리에 쓰던 엽서를 멈췄다.

다가온 누군가가 손목시계를 톡톡 두드리며 말했다.

"폐장 시간이야."

신전을 지키는 경비원이었다. 아, 벌써.

자리를 정리하고 일어섰다. 사실 고대 아고라를 방문한 건 헤파이스토스 신전을 보기 위해서였는데. 그제야 머릿속 저 멀리 잊혀진, 초기 목적이었던 헤파이스토스 신전이 떠올랐다.

경비원이 안내하는 길을 천천히 따라가다 슬쩍 벗어나 오솔길로 뛰어갔다. 아무도 없는 풀숲 사이로 헤파이스토스 신전이 모습을 드러냈다. 시간이 멈춰버린 신전이었다.

안녕. 내 행복의 첫 번째 조각.

삑— 호루라기 소리가 상념을 깼다. 발걸음을 돌려 출입문으로 향했다. 떠나는 발걸음이 가벼웠다.

Athens, Greece, Apr 2019.

잔잔한 기억

"넌 어디서 왔어?"

스위스에서 배를 타고 리기 산Mt. Rigi으로 향하던 중 한 노신
사가 말을 걸었다.

자신을 스위스인이라고 소개한 그는, 스위스에서 가장 멋진
기찻길을 추천해 줬다. 부자들이 가는 동네이긴 한데 스위스 패
스를 끊었다면 너도 갈 수 있을 거라나.

호수를 바라보며 한참을 이런저런 이야기를 나누었다.

사실 비가 너무 많이 와서 그 기찻길엔 가지 못했지만
그때 그 선선한 바람과 고요한 호수가 너무 평화로워서
그 순간이 기억에 남는다.

여행을 하면 강렬한 기억만 남을 것 같은데
때로는 이런 잔잔한 기억도 남는다.

Luzern, Switzerland. Jun 2019.

방황

방황하는 모든 자가 길을 잃는 것은 아니다.
방황해 본 자가 더 많은 길을 안다.

Luzern, Switzerland. Jun 2019.
Plitvička Jezera, Croatia. May 2019.

과정

사람들은 결과물만 보기 때문에 과정을 잘 모른다.

그 과정은 오롯이 나만 알고 있다.
일주일 중 맑은 날 단 하루를 살리기 위해서 하루에 정반대의
산을 두 개씩 올라가고, 초조하게 기다리고,
모든 시간을 뛰어다녔던 나.

그렇게 힘들게 도착한 곳이라
더 멋지게 빛났다.

Schilthorn, Switzerland, Jun 2019.

높은 곳을 좋아하는 이유

몇 배는 더 험난하고 힘들지만
이곳까지 올라온 사람들만 볼 수 있는
풍경이 있어.

Tbilisi, Georgia. May 2022.

속도 조절

모든 걸 다 쏟는 것만큼 어리석고도 멋진 일이 없지.
그러나 쏟는 속도를 조금만 조절하자.
조금만 더, 아직은
다 쏟을 때가 아니니까.

Kawagoe, Japan. Jun 2022.

자아성찰

여행을 할수록 나에 대해 더 잘 알게 된다.

나는 생각보다 훨씬 더
강한 사람이구나.

Tbilisi, Georgia. May 2022.

결론

아무리 타인이 좋다 나쁘다 말해도
직접 가보기 전까지는 아무것도 알 수 없는 거다.

나는
라구사Ragusa의 야경이 이렇게 예쁠 줄 몰랐지.

Ragusa, Italy. Jun 2022.

새로운 길

"어느 길로 가야 하는지 가르쳐 줄래?"
"그건 네가 어디로 가고 싶은지에 달렸지."
"어디든 상관없는데."
"그럼 아무 데나 가면 되지."
"어디든 도착하기만 한다면."
"그럼 너는 분명히 도착하게 되어있어. 오래 걷다 보면 말이야."

*

"안녕. 오랜만이네. 그래서 길은 찾았어?"
"계속 헤맸는데 걷다 보니 도착은 하게 되더라."
"어디에 도착했는데?"
"새로운 길."

Kazbegi, Georgia, May 2022

나쁜 기억이 당신의 하루를 망치게 두지 말 것

사람들이 여행을 하면서 가장 흔히 하는 착각은 항상 새로운 사람을 만나고, 행복하고 즐거운 일만 있을 거라는 믿음이다.

하지만 꼭 그렇지는 않았다.

여행지에는 좋은 일과 나쁜 일이 공존한다.

✳

조지아 카즈베기에서 주타로 트레킹을 가려고 했을 때였다. 가격이 비싸 택시를 셰어할 사람을 구하려 했는데 구해지지 않았고, 결국 나 홀로 택시 기사와 협상하게 되었다.

"두 시간에 120라리."

택시 기사들이 부르는 터무니없는 가격에 할 말을 잃었다. 여섯 시간에 80~100라리 가격이라는 걸 이미 알고 왔는데 말이다. 나는 흥정을 할 자신이 없어서 그냥 포기하고 터덜터덜 걸어가고 있었는데, 열성적으로 달라붙는 택시 기사가 있었다. 그의 제안은 솔깃하기 그지없었다.

혼자인데도 일곱 시간에 70라리로 해주겠다는 게 아닌가?

비싼 가격이긴 했지만 그럼에도 주타에 가고 싶었던 나는 오케이 하고 차에 올라탔다.

하지만 차에 타자마자 달리면서 택시 기사는 말을 바꿨다. 분명 왕복이라고 해놓고서 그건 편도 가격이었다고 우기기 시작한 거다. 왕복 70라리가 말이 되는 가격이냐면서. 나는 화를 억누르며 최대한 또박또박 말했다.

"네가 먼저 왕복 70라리라고 했잖아."
"70라리는 편도야. 왕복 80라리에 해줄게.

화가 나서 입을 꾹 다물자 그 택시 기사는 80라리도 좋은 가격이라며 나에게 화를 냈다.

머리가 싸늘하게 식었다. 주타라는 곳이 비싼 돈을 주며 이렇게까지 갈 가치가 있나? 가더라도 이런 기분으로, 이런 식으로 가고 싶지는 않았다.

나는 정색하면서 말했다.

"나 주타 안 가. 지금 당장 내려줘."
"뭐?"

이미 출발했기에 내가 이렇게까지 강경하게 나올 줄은 몰랐는지, 운전기사는 당황했다. 나는 단호하게 차를 세우라고, 내리겠다고 말했다.

마지막 양심은 있었는지 택시 기사는 내가 탔던 곳에 나를 내려주겠다며 시내로 다시 데려다주었다. 가는 동안 80라리가 얼마나 합리적인 금액인지 늘어놓으며 나를 설득하려 했지만 이미 떠나버린 내 마음을 돌릴 순 없었다.

"오케이. 굿바이."

나는 택시에서 내리자마자 뒤도 돌아보지 않고 숙소로 돌아갔다.

✳

숙소에 다시 돌아오자마자 가장 먼저 한 일은 기분 좋아지라고 커튼을 다 치는 거였다. 통창 너머 6월의 카즈베기는 초록빛으로 가득했고, 창문 밖의 경치는 그림 같았다. 택시 기사 때문에 망쳐버리기에는 내 하루가 너무 아까웠다.

숙소에서 재정비하여 가장 아끼는 옷으로 갈아입고 예쁜 귀

걸이를 하고 맛있는 간식들과 돗자리를 챙겼다. 모든 짐을 꽁꽁 챙긴 나는 더 좋은 하루를 보내기 위해 씩씩하게 숙소 밖으로 나섰다.

＊

그날 저녁, 숙소 옆방의 장기 투숙객 올리버 할아버지와 저녁을 먹으면서 어김없이 와인 타임을 가졌다.

"나 오늘 새로운 교회 한 군데에 다녀왔는데 너무 좋았어."
"진짜? 나도 교회 다녀왔는데. 여기 뒷산에 있는 거."
"어? 그래? 나도 거기 다녀왔어. 대성당보다 그 교회가 개인적으로 훨씬 좋더라."
"나도! 거기 뷰도 좋고 조용해서 너무 좋았어!"

그날 나는 짐을 싸 들고 뒷산에 올라 홀로 피크닉을 했었다. 사람이 없는 교회 옆에서 양들을 구경하기도 하고, 피크닉 매트를 깔아놓고 누워서 쿠키를 먹기도 했다. 카즈베기산을 배경으로 들판을 마음껏 달리기도 하고 찬 바람 속에서 빙글빙글 돌면서 춤도 췄다. 오히려 그런 소소한 시간이 카즈베기에서 가장 기억에 남는 순간 중 하나였다.

올리버 할아버지랑 이야기하면서 깨달았다. 아침에 택시 사기를 당했을 때는 너무 서러워서 누구에게든 털어놓고 싶었다. 그러나 정작 저녁이 되니 그날 하루가 너무 만족스러워서 택시 사기 사건은 어느새 기억 속에서 사라져 있었다. 까맣게 잊어버린 것이다.

그날 우리는 다녀온 교회 뷰와 아름다운 카즈베기에 대해서 오랫동안 이야기했다.

나도 참 많이 변했다는 생각이 들었다. 예전의 나라면 이런 일에 기분이 상해 당일 여행을 통째로 망쳤을 거다. 그런데 이제는 그 기분을 전환해 줄 수 있을 만한 다른 것을 찾아내고 있었다.

나쁜 기억은 그대로 두면 더 크게 자라나기에 좋은 기억으로 덮어줄 필요가 있다.

그러면 그 하루의 나빴던 기억은 하나의 해프닝으로 날아가 버릴 것이다. 더 좋은 기억을 쌓아주면 그 하루는 나쁜 하루가 아닌, '그래도 괜찮은 하루'가 된다.

모든 삶에는 행복과 불행이 공존한다.

그러니 나쁜 기억이 당신의 하루를 망치게 두지 말기를.

3장

여행 후

—

새로운 길을 꿈꿀게

여행 후

여행 후 달라진 점

1. 현생을 버티게 할 몽글몽글한 기억들
2. 뭐든 할 수 있을 것 같은 자신감
3. 나에 대한 고찰, 한 발자국

Luzern, Switzerland. Jun 2019.

Mestia, Georgia, May 2022.

과거의 나에게 보내는 편지

안녕. 나는 여전히 힘든 길만 골라 가고 있는 미래의 너야.

과거의 나는 마치 끝이 보이지 않는 어두운 터널을 걷고 있는 것만 같았어. 솔직히 나조차도 내가 어디를 가고 있는지 몰랐고, 언제나 내 길은 방황뿐이었어.

가슴이 꽉 막힐 것 같은 우울에 잠겨 밤에 잠도 들지 못했고, 난 지금 뭐 하는 거지란 질문을 수없이 던졌지.
난 누군가에게 의지하는 게 익숙하지 않아
늘 홀로 스스로에게 독촉하며, 완벽한 사람이 되라고 했지.

사실 후회는 안 해.
그렇게 달려왔기에 지금의 내가 있는 것일 테니까.

많이 방황한 만큼 새로운 길을 찾았고, 마음의 짐들을 정리했어. 완전히 다 털어놓지는 못했지만 그래도 과거보다는 나아지고 있어.

그래서 그 터널을 벗어났냐고, 길을 찾았냐고 묻는다면
아니. 난 여전히 터널 안이야. 그리고 여전히 길을 찾는 중이야.

다만 예전과 차이가 있다면 내가 이 터널을 벗어날 수 있음을
알고, 더 이상 새로운 길이 두렵지 않다는 거야.

좀 더 편한 길을 고르길 원했을 텐데 미안.
나는 그중에서도 또 가장 어려운 길을 골라서 나아가고 있어.
대신 이 길을 걸어가 끝까지 해내볼게.

내가 전에 말한 적 있잖아. 기억하니?

과거의 네가 버텨줘서 지금의 내가 있어.
포기하지 않고 힘든 순간에도 달려줘서 고마워.

너는 계속 길을 걸을 거야.
그리고 그 길 끝에 도착하겠지.

그러니 힘내.

— 미래의 너로부터

Wonju, Korea. Nov 2020.

Budapest, Hungary. Apr 2019.

맞지 않는 옷

맞지도 않는 옷을 입고
뭐에 그리 쫓겼었는지

쫓아오는 사람은 아무도 없는데.

Paris, France. Jun 2019.

변화

여행 후의 나는 어느 방향으로든 간에 바뀌게 된다.

변화가 나쁜 것만은 아니다만은
변해가면서도
절대 놓치지 말아야 할 것을 잊어버리지 말기를.

Budapest, Hungary. Jan 2019.

이유

세상에는
안 되는 수십 가지 이유가 있겠지만
그럼에도
되는 이유를 찾아볼게.

Český Krumlov, Czech Republic. Apr 2019.

꿈의 조각

꿈이 크면
깨진 조각도 크다 했다.

Český Krumlov, Czech Republic. Apr 2019.

지지자

내가 멈추지 않도록
지켜보고 있어줘.

그러면 그곳으로
계속 나아갈 용기가
생길 것 같아.

Sevilla, Spain. Apr 2019.

시야

넓은 세상을 만들고도
스스로를
가둬버리는 게 아닐까.

Mestia, Georgia. May 2022.

해답

무슨 고민을 하고 있니.
이미
답을 알고 있으면서.

Mestia, Georgia. May 2022.

꿈을 그리는 사람

꿈을 그리는 사람은
마침내
그 꿈을 닮아간다.

Luzern, Switzerland. Jun 2019.

속도

내 열차는 보통은 빠르게 질주하고
아주 가끔은 느리게 쉬어 가는데

그 열차의 속도는 내가 정하니
절대 속도를 바꾸라 강요하지 말기를

지금
가장 필요한 속도로 달리고 있을 테니.

기억

어떤 기억은
평생을 살아가게 만든다.

Capri, Italy. Mar 2019.

좋은 기억과 나쁜 기억

여행이 끝나면
좋은 기억과 나쁜 기억이
잔뜩 쌓여있다.

좋은 기억은
추억하게 만들고
나쁜 기억은
강해지게 만든다.

Budapest, Hungary. May 2019.

미숙했던 순간도

너는 갈수록 익숙해질 거야.
그리고 언젠가는
이 순간을 떠올리며 웃겠지.

Palermo, Italy. Jun 2019.

되짚기

아슬아슬한 탑은
가장 아래층부터 점검해야 한다.

Katskhi, Georgia. May 2022.

시간

너에겐 아직 꿈을 이룰 충분한 시간이 있어.

Tbilisi, Georgia, May 2022.

자각몽

꿈은 꾸는 자의 것이다.

Paris, France. Jun 2019.

유토피아

유토피아는 존재하지 않으니까 유토피아인 거지.
그러니 나는 나의 유토피아를 만들어 나갈 거야.

Verona, Italy. Mar 2019.

우리는 나아갈 것이다

우리는 물결을 거스르는 배처럼,
쉴 새 없이 과거 속으로 밀려나면서도
끝내 앞으로 나아갈 것이다.

— 프랜시스 스콧 피츠제럴드, 『위대한 개츠비』

Siracusa, Italy. Jun 2019.

반복

처음 트빌리시Tbilisi 시계탑을 찾았을 때
햇빛이 들지 않아 아쉬웠다.
결국 다시 또 같은 곳을 다음 날 방문했다.

좋아하는 일은 몇 번이고 다시 할 수 있다.
끝내 벅차오름을 마주할 때까지,
나는 몇 번이고 반복할 거다.

Tbilisi, Georgia. May 2022.

환승역

꿈이 이루어지는 순간을 마주한다는 건
다른 꿈을 꿀 시간이라는 것.

Interlaken, Switzerland. Jun 2019.

휴식

"충분히 다 쉬었어?"

"응."

"그럼 다시 시작하자."

"응."

Kazbegi, Georgia, May 2022,

출항

다시 한 번만
폭우를
통과하기로 했다.

Santorini, Greece, Apr 2019.

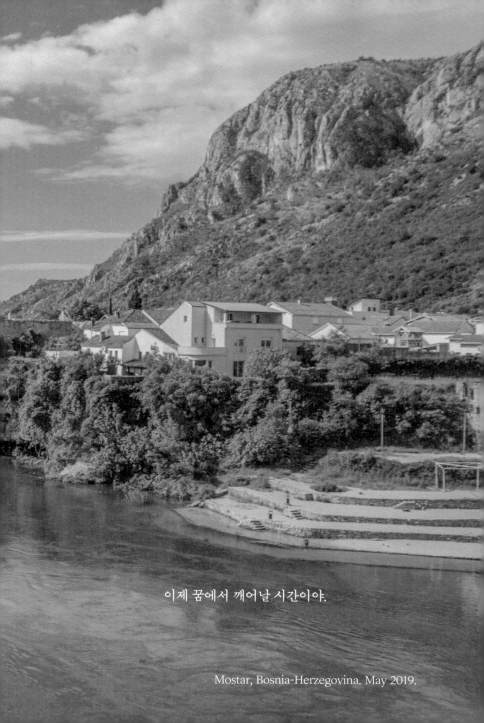

이제 꿈에서 깨어날 시간이야.

Mostar, Bosnia-Herzegovina. May 2019.

과연 해피엔딩이었을까?

Tatev, Armenia. May 2022.

새로운 비행기 티켓

여행하면서 인연을 잘 만들지 않는 편인데, 어쩌다 트레킹 중에 깊은 인연을 만났다. 우리의 연은 주타에서 시작되었는데 첫 만남부터 참 재밌었다. 나는 트레킹 난이도가 쉽다는 말을 듣고 온통 흰색 옷을 입고 왔는데 그분은 멀리서 뛰어오는 나를 보고 '저 사람은 절대 트레킹 하러 온 사람은 아니겠지.' 했었다고 한다.

트레킹 도중에 자꾸 뒤처지던 내가 그 사람에게 말했다.

"와, 산을 정말 잘 타시네요."
"등산을 많이 했어요."
"오, 그러면 막 블랙야크 100대 명산도 다 타고 그러신 거 아니에요?"
"······어, 네. 타긴 했어요."
"······?"

알고 보니 블랙야크 100대 명산을 다 탄 걸로도 모자라 '1일 3산'에 히말라야까지 다녀온 전적이 있는 초절정 고수였다. 내가 힘든 게 당연했다.

그날 트레킹은 엉망진창이었다. 내 체력이 부족해서 따라가기 급급했던 것도 있지만 눈과 얼음이 덜 녹은 트레킹 코스가 극강의 난이도를 자랑했기 때문이다. 눈 아래 숨겨진 강에 빠지기도 하며 무릎까지 푹푹 꺼지는 눈밭을 건너야 했다.

엎친 데 덮친 격으로 지도 어플리케이션 '맵스미'에만 의존해서 길을 찾아가는데 중간부터는 모바일 데이터도 잘 터지질 않고 길도 맞질 않았다. 어쩐지 어플리케이션 후기에 길 잃었던 얘기만 가득하던데 그게 우리의 미래가 될 줄은 몰랐었다.

"아니, 잠시만요."
"왜요?"
"지금 길이 여기가 아니라 저 눈밭을 다이렉트로 뚫고 가야 하는데요?"
"어?"

그 트레킹의 말로는 사람이 갈 수 없는 하얗게 뒤덮인 눈밭이었고, 우리는 트레킹을 포기할 수밖에 없었다.

엄청나게 넘어지고 눈에 빠지고 구르느라 하산을 마칠 무렵에는 흰옷이 새까맣게 흙투성이가 되어있었다.

하지만 어쩐지 기분이 나쁘지 않았다. 처음으로 실패한 트레킹이었는데도 흙투성이가 된 옷을 보니 이 상황이 웃겨 웃음이

나왔다. 같이 눈밭을 구른 전우가 있어서 그랬던 걸까.

"저녁이나 먹으러 갈까요?"

옷을 탈탈 털며 제안했다. 여행 중 누군가에게 내가 먼저 제
안을 한 건 처음이었다.

＊

그날 카즈베기산과 일몰을 안주 삼아, 그 유명한 조지아 와인
을 기울이며 여러 이야기를 나누었다.

히말라야를 다녀온 것쯤은 귀엽게 보일 정도로, 그의 여행 세
계는 엄청나게 방대하고 충격적—현재 기준으로 100개국 이상
방문했다—이었다.

사실 좀 더 놀랐던 것은 나만큼이나 순수하게 여행을 좋아하
는, 아니 어쩌면 나보다 여행을 더 좋아하는 사람을 처음 봤기
때문일지 모른다.

"왜 여행을 좋아하는 거예요?"
"좋아하기보단 그냥 가보고 싶은 곳이 많아서요."
"그렇게 많은 나라들을 가면 질리지 않나요?"

"나라마다 다르고 새로워요. 아직도 가보고 싶은 곳들이 한참 남았는걸요."

여행 이야기를 할 때마다 눈이 반짝거리던 사람. 꼭 나를 보는 것만 같았다.

히말라야와 인도, 아프리카까지 영업 후, 지구를 반 바퀴 돌아 우리의 이야기는 남미로 건너갔다.

"남미 여행을 하던 중 코로나가 터져서 중단하고 돌아와야 했거든요."

예전에 나도 남미 여행을 준비하다가 포기한 적이 있기에, 그의 남미 이야기는 너무 흥미로웠다.

"아, 그럼 다시 남미 가실 건가요?"
"이미 다녀왔어요."
"네?"
"코로나 잠잠해지고 최근에 바로 다녀왔어요."

나 역시 한 실행력 하는 사람인데 그의 실행력에는 감탄을 금치 못했다.

도대체 어떤 게 이 사람을 남미로 움직였을까, 궁금했는데 의외로 질문의 답은 간단했다.

"왜 남미에 가고 싶으셨어요?"
"가고 싶었던 곳이고 안 갈 이유가 없었으니까요."
"저도 남미에 가고 싶었는데……."
"그럼 지금 가면 되겠네요."

어. 그러게.

그 말을 듣고 한 대 얻어맞은 기분이었다.

왜 내가 남미에 못 갔었지?

　코로나로 해외로 가는 문이 잠기면서 일찌감치 포기하였고, 그 후에 다시 도전해 볼 생각을 못 했었다.

　그런데 왜 나는 내가 또 그곳에 가지 못할 거라고 스스로를 단정 짓고 한계선을 그었지?

　애초에 조지아 자체도 세계 여행자들이 중앙아시아에서 넘어오면서 통과하는 루트였다. 조지아에 홀로 넘어와 여행할 수 있을 정도면, 남미는 어려운 일이 아니라는 소리였다.

내가 그어놓은 한계를 자각하자마자 둑을 무너뜨리는 건 순식간이었다. 그는 실질적으로 남미와 관련된 정보들을 전수해 주었고, 이야기를 듣고 있던 나의 심장이 뛰기 시작했다.

가고 싶었다. 남미.

아니, 더 이상 가고 싶다는 막연한 꿈이 아니라 그 꿈을 이루고 싶었다. 지금까지의 모든 여행이 그래왔듯이 내 한계를 깨고, 더 큰 세상으로 나아가기 위해 말이다.

가야겠다, 남미로.

나는 그렇게 남미로 가는 비행기 티켓을 예매했다.